KB147769

바다의 입술

황금알 시인선 279
바다의 입술

초판발행일 | 2023년 11월 27일

지은이 | 손영숙
펴낸곳 | 도서출판 황금알
펴낸이 | 金永馥
주간 | 김영탁
편집실장 | 조경숙
표지디자인 | 칼라박스
주소 | 03088 서울시 종로구 이화장2길 29-3, 104호(동숭동)
전화 | 02)2275-9171
팩스 | 02)2275-9172
이메일 | tibet21@hanmail.net
홈페이지 | http://goldegg21.com
출판등록 | 2003년 03월 26일(제300-2003-230호)

값은 뒤표지에 있습니다.
ISBN 979-11-6815-066-9-03810

바다의 입술

손영숙 시집

황금알

| 시인의 말 |

시,

'어떻게'보다
'왜'에 오래 머물렀다

씨는 뿌렸지만
저마다의 마음뜰에서
어떤 꽃으로 피어날지 알 수 없다

그대들께서
정원사가 되어주시기를….

2023년 시월 와룡산 자락에서

차 례

1부 계절의 얼굴

2부 삶의 맨얼굴

3부 시대의 얼굴

4부 신앙의 얼굴

1부

계절의 얼굴

두 얼굴

겨울이
여름의 밑그림이듯
봄이
가을을 그리고 있다

꽃이
열매의 얼굴이듯

헐벗음 또한
무성함의 얼굴이다

무성한
꽃인 당신

헐벗은
열매인 당신

입덧 중

몇 날을 굶었나
오소소 소름이 돋았다
누가 다녀갔나
봉곳봉곳 아랫배가 불러온다

시를 품지 못해 전향을 한다는데
불임의 가지 끝에 선 나도
울컥울컥 시의 기미를 토해내는
그대가 마냥 부럽다

북풍과 폭설의
겨울 행간을 딛고
살갗 찢으며 나올 첫 행
그 만개할 아픔을 위하여

연둣빛 태동을 타고
봄 멀미에 취한 삼월의 나무들

봄 프리즘

미동도 없는 대치 상태
얼음 풀린 새벽 강가에 엎드려
미세한 움직임 하나에
촉각을 곤두세우는 시간
초침 소리가 렌즈에 기록되는 찰나
한 줄기 빛
잡아라
숨을 멈추고 피사체에 초점을 맞추는 순간
펼쳐지는 저 날개
깃과 깃 사이 팽팽한 힘줄에 빛이 고일 때
고공비행의 첫발이 세차게 물살을 찬다
수십 갈래 빛살로 출렁이는 강의 가슴을 딛고
긴 겨울 둥지를 떠나는
고니 떼의 비상
빛의 각도에 따라 무한 자유가 부챗살처럼 펼쳐진다

그래,
내 안의 렌즈를 닦자

우주의 빛이 내 몸에 들이치게
상한 다리에 힘을 모아 바닥을 차고 일어서자
햇살 스펙트럼
생애에 빛나는 일곱 빛깔의 무지개를 걸자

뒷모습

꽃이나 피우지 말지
농염
향기나 뿜지 말지
사향
앉았던 자리마다
질펀한 꽃물
옷고름 푼 채로
돌아서는
뒤꼭지나 보이지 말지
손이나 흔들지 말지

그 자리

꽃이 진 자리
꽃잎 받치던 그 자리
적막이 어룽어룽 깃을 틀고 있다

잠든 꽃잎 깨워 수시로 젖 물렸을
갓 돋은 햇순을 업고 무수히 밤새웠을
저 캄캄한 에미 등짝에
철부지 사월 햇살이 올라타 줄넘기를 한다

무성한 꽃잎이 지자
가려져 있던 꽃받침을
꽃받침 받쳐 들었던 여린 가지를
그 가지 받치느라 핼쑥해진 둥치를
환하게 열어 보이는 꽃이 지는 한낮

내가 피어 있는 동안에는 보이지 않던
바닥에 내려서야 비로소 보이는
그 자리

화관을 씌운 이 누구냐

부서진 청석을 쌓아
쇠줄로 옭아맨 석벽 위
유월의 베튜니아가 이엉으로 얹혔다

스위스 계곡의 산장마다
창가에서 나팔 불던 그 붉은 입술들

입술과 입술이 포개져
깨어진 청석의 몸 사이로도
철심을 타고 피가 돈다

감옥이었던
수도원이었던
내 마음이 홍조를 띠는 아침

쇠도
돌도 녹여
피를 만드는 붉은 꽃 몇 포기 그대

석양의 집

일제히 고개 들었을 때
사진기 플래시 터지듯
반짝 뒷모습
풍덩 떨어져 들어가는 그때였어

산기슭 나무들이란 나무는 모두
숨을 멈추었다니까
숨 떨어지는 석양이
나무들 가슴에 빠알갛게 도장 찍는 순간이었어

넌 내꺼야
점 찍어 두고 싶었던 때가 있었지
모든 이파리들 물기 거두어가는 계절
사람도 그렇게 가고

단풍 든 가을 숲이
석양의 집이었다는 걸 그제야 알았지

귀뚜라미 통신

어디서 온
전화벨 소리
입안에 꽈리 문 듯 꽈– 또르르

말복을 어찌 알고
울음 채비했을까
방 안에 뛰어든
어린 가을 한 마리

손수건 보쌈하여
배롱나무 꽃덤불에
던져 주었다

꽈– 또르르 꼬– 또르르
말복 0시 50분
여름의 뒤통수에 채근질이다

그 소리에 놀라

화들짝 보랏빛 강을 건너는
진분홍 배롱나무

철골소심

있는 듯 없는 듯
향도 색도
드러나지 않는 그대

방울진 안간힘
눈물인지 땀인지
꽃 핀 자리마다 이슬이 맺혔다

하루 이틀 사흘
누군가를 기다리고 있다

꽃인지 잎인지
초록의 마음은
농담濃淡만 달리할 뿐

웃음인지 울음인지
말하지 않는다

사무치는 마음
가지 않아도
그대에게 이른다

빗방울 연가

왜 모르랴
격자무늬 창 앞에
머물고 싶은 네 마음
회오리쳐 달려와
손나팔로 외쳐보아도

끝내는 닿지 못하는 그 마음
왜 모르랴

입술 위에 미끄러져
귓불에라도 가 닿고 싶은
그리고 맨 나중
가슴팍에 기대어 잠들고 싶은
왜 모르랴 그 마음

끝내는 기운 절벽을 타고 내려
눈물 기둥으로나 남아

방울방울 길고 짧은 음표
줄줄이 한 소절 젖은 노래로 매달린
그 마음 왜 모르랴

낙하의 시간

떨어지는 것도 예술
저 잎
주연일까 조연일까

레디, 고
감독의 나팔소리 따라
꽃을 위해 열매를 위해
해 종일 반짝이던 역할

밤새워 물 길어
무성한 거처를 만들던
어머니의 손

레디, 고
바람의 휘파람 따라
꽃도 열매도 되지 못한 생애
저잣거리 쓰레기로 쓸려가고 있다

가지에 남은 어린 잎눈들
젖어 있다

까치밥

속을 다 파먹이고
텅 빈 둥지
혼자 말라가는 어머니

떨어져 썩어져 거름이 될 테니

내년에도 꼭 와서
달디단 내 마음
파먹고 가거라

12월의 영산홍

그 작은 입을 열어
힘겹게 말했다

열에 뜬 네 입에
물이라도 떠 넣고 싶었어

병상의 가을을 보내고 온
빈 뜰에
혼자 기다린 분홍빛 손편지

가지마다 옹이가 진 몸
아무것도 해 줄 게 없어

하나
둘
세 송이

빈손에 맨주먹으로
꽃잎 받쳐 들었다

얼음폭포

너도 한때 말이었더냐
새순같이
나긋나긋한 말이었더냐
쏟아내던 달변이 굳어진 채
서슬 푸른 독을 품고
첫새벽 누구를 향하여 섰느냐
쏟다 만 분노로 창을 갈 듯
무엇을 벼리고 섰느냐
동안거冬安居 대침묵
날던 새도 흐르던 물도 멈춰 선다
산도 구름도 입을 다문다
벼리고 벼린 마음의 벼랑에
세상의 모든 말이
소리를 거둔다

오대산 설경

너는 백두대간의 몇 번째 뼈마디더냐
시린 하늘 한입 베어 문
벗은 산악의 이빨
이빨 사이에 낀 눈발의 잔해는
고봉준령의 아침 식사
벌겋게 마른 가슴이
초록을 잉태한다
이빨 사이사이
눈을 먹고 자라는 어린 소나무
대양에 엎디어 꾸는 꿈
고래로 일어나 숨을 뿜는 날
백두에서 남쪽 땅끝까지
퍼덕거릴 네 지느러미
지느러미 끝에 요동칠 초록 물굽이

2부

삶의 맨얼굴

찬란한 정원

태초에 목이 없는 한 남자와
일찍 목을 버린 한 여자가
잉카 쇼니바레의 찬란한 정원에서 만난다
누가 불렀을까
눈부신 나뭇가지 사이로 뱀 한 마리, 저 은근한 눈빛
누구를 향한 것일까
한 점 요염한 과육,
달아난 여자의 목이었을까
그 여자의 남자, 힘줄 굵은 팔뚝이었을까
콱 물어뜯고 싶은 게
겨우 여자의 보송한 뒤꿈치일 리는 없지
편견을 거부하는 몸뚱이 둘이
나눠 마실 달콤한 한 잔의 유혹
벌로 받은 산고와
저주받은 땀으로
무수한 별 무더기를 땅으로 끌어 내린 뒤
소리 없이 먼지로 사라지게 할
저 무섭게 빛나는 배암 한 마리

수중 분만

만삭의 먹장구름 한 송이
온몸에 하늘을 감고
산기슭 작은 연못에 든다

핏빛으로 새어 나오는 산통
놀란 산봉우리들이 일제히 달려와
물속에 병풍을 친다

가쁜 숨소리에
분홍빛 낭자한 수중 궁궐
숲을 날던 까마귀도 울음을 멈춘다

미끄덩 –

갓 태어난
눈부신 해 한 덩이

미혼모였나
피 철철 먹장구름 보이지 않는다.

침묵의 내막

아기를 안은 미혼모 마리아가
아들의 시신을 안은 피에타를
미술관 입구에서 만났다

소금밭에서 솟아나는 상처
아이의 입술에 금줄을 친다

만남이 한이 되는 사이와
이별이 한이 되는 사이에서
젖은 상처에 뿌리는 소금

잠잠 마음에 새기고
자신의 입에다 재갈을 물리는 그녀

코로나 천사

— 2019년 겨울의 대구

하늘나라에 가야
하늘하늘 비단옷
날개 돋은 천사들 볼 수 있을까

하이얀 면 마스크 하루에 이백 장
서문시장 원단가게 순덕씨 친구들이

김밥 한 상자에 오뎅국 두 찜통
칠성시장 김밥집 여수댁 부부가

밤마다 실어 나르는 샌드위치 도시락
청년 창업 야시장 김군, 이양, 박군이

젖은 날개 찢어진 날개 그대로
눈이 부신 천사인 줄 꿈에도 몰랐다.

산 위에서 부는 바람

한 땀 한 땀 수놓아 손수건에 꽃등 켜고

운동화 발등에 꽃밭을 일구다가

북망산천 볕바른 언덕에 그를 심었다

골골이 함께 돌며 주워 온 함지박에

조랑조랑 꽃씨 여무는 늦가을

거미줄 칭칭 헛간 구석에 자고 있던

앉은뱅이책상 불러내어 등잔에 호롱 앉히고

철수와 바둑이 국어책 펴듯이 찻집을 열었다

산바람에 쪼글쪼글 마른 대추 밤새 고아서

눈물보다 진한 대추차 한 사발

못나서 아름다운 것들이

아프고

슬프고

외로운

가슴을 덥히며 어깨를 맞대는 찻집

'산 위에서 부는 바람'

노랑나비 그 아이

목마와 숙녀 나란히 그 아이의 나팔꽃이 피었다

버지니아 울프의 생애와
목마를 타고 떠난 그 숙녀의 이야기를 하고 싶어
팔랑팔랑 노랑나비 한 마리 바장이며 기다려도
그 사람은 종내 이름을 불러주지 않았다

목마는 주인을 버리고 어떻게 떠났는지
상심한 별은 그 아이의 가슴에서 어떻게 부서졌는지
부르기만 하면 달려가 꽃이 되고 싶다던
그 사람은 이미 꽃이 되어 샤갈의 마을로 떠났는데

너의 어둠은 무엇이었니?
그 아이는 제 시 속에서 나직이 묻고 있지만
얼마간의 어둠 속에 나팔꽃으로 피어난 아이는
시인이 되어 목마와 숙녀 옆에 나란히 피었는데

통영 앞바다엔 지금도 삼월에 눈이 내리고

간격

두어 권 책을 사 안고
건널목의 신호를 기다리며
어린 왕자를 떠올렸다.

서른에 까뮈의 실존으로 논문을 쓰고
마흔까지도 생의 본질에 물음표를 달더니
지금쯤 포퍼의 책에서 구원을 받았을까?

그때는 다시 편지를 쓸 수 있을 거라고 했는데
원하는 만큼의 책을 살 돈이 있으면 좋겠다고
심각하게 웃었는데

어린 왕자의 모자를 쓰고
그대는 모처에 땅을 사 묻을 정도로
달라질 수도 있는데……

생의 의미와 생존의 본능은 어떻게 달랐을까?

소문

중등 1급 정교사 가정과 박선생, 정년퇴직하고 한 평 텃밭 얻어 김장배추 심었더니 무려 열 포기나 우람하게 자랐더란다. 서른 몇 해 김장해 대던 언니, 동생, 동서들께 신나게 공표하고 처음으로 김장을 해보는데, 염도측정기를 못 구해 밤새워 절인 배추가 너무나 짜서 버무려둔 양념이 필요 없게 된지라, 소금 먹은 놈 물 켠다는 삼투압이 생각나서 한나절을 베란다에 절인 배추처럼 쪼그리고 앉아 그 배추 소금기 다 뱉어낼 때까지 물에 담가 두고 기다렸단다.

새빨갛게 양념 밴 고무장갑 낀 채로 한 양푼 들고 와 김치 맛 묻는데 배추 맛은 어디 가고 양념 맛뿐인지라 뒷집 김선생 차마 그 말을 못하여 머뭇거리고 있는데

"나, 가정선생했다는 소리만 식구들한테 하지 마소."

앞집 김치 맛보다가 삶던 빨래 다 태운 뒷집 김

선생

"나, 국어선생했다는 소문만 아니 내면 이 김치 맛, 시로 써 드릴 수 있는데……"

숨

아흔두 살 남편을 모시는
일흔여덟 아내의 말

하루하루가 얼마나 소중한지…

아침마다 해독 주스를 만들고
날마다 색다른 죽을 끓이는
그 손 빌려와

남은 날 얼마일지
자는 사람 코에 손을 대어 본다

식상한 사랑의 말이
새 옷을 입고 나오고
어제의 한숨이 명경처럼 닦이는 새벽

전신을 돌아 나오는 저 숨소리
뜨거운 하루를 두 손으로 받는다

그대의 마지막 춤

주홍부전나비 한 마리
못물 위에서 한바탕 춤판이다
가을하늘 한 폭 드리워지고
우루루 코스모스 꽃길 물 안에 든다

빙그르르
하늘이 돌고 구름이 돌고
주홍부전나비
물속 제 그림자와 손을 잡더니
두 팔 힘껏 저어 물매암 만든다

계절 놓친 두 날개
그 자리에서 맴맴 맴만 돌다가
물 묻은 날개 수평으로 뻗은 채
오래 잠잠하다

바람에 나부끼는 꽃잎 속이다
부전나비 주홍을 내려놓고
비로소 구름 속에 든다

호스피스 병동 앞 가을 연못

태양의 아들
— 까뮈의 이방인

메르소, 바다와 태양에서
뫼르소, 죽음과 태양에 이르기까지*

일렁이는 젊음의 바다에서
그대 정수리를 겨냥한 태양이
허무의 속살을 향해 방아쇠를 당기기까지

마음은 외출 중

사랑이 없는 욕망과
슬픔이 없는 이별 앞에
어떤 변명도 참회도 그대의 것이 될 수 없어

사제의 멱살을 잡고
죽음의 초시계 앞에서
몸으로 토해내는 한 조각 그리움

집 나온 마음이

삭막한 거리와 메마른 연대를 헤매는 한
당신도 나도
태양이 낳은 영원한 이방인

* 알베르 까뮈가 1940년에 탈고한 이방인의 원고를 1941년에 주인공의 이름을 바다와 태양을 의미하는 메르소Mersault에서 죽음과 태양을 의미하는 뫼르소Meursault로 고치고 마지막에 죽음을 항변하는 긴 장면을 추가하여 출판하였다고 함.

몸탑

마늘 심었느냐
송아지 팔았느냐

카랑카랑한 목소리 그대로
꽃향기 채운 목선에
반듯하게 눕힙니다

마지막까지 지켰던 한 가닥 숨결
가장 나중까지 뜨겁던 가슴
이승의 모든 인연을 거두어 담았던
눈과 귀와 입
삶의 터전을 버텨낸 팔과 다리
굳은살 박이도록 달려온 발바닥

일생의 노고를 닦아
면포로 가리고 싸서
옥색 도포에 꽃버선을 신겼습니다
매듭매듭 옥개석 올리듯

층층이 연꽃 채색무늬 입혀

일생의 탑 한 채

돌아올 수 없는 긴 강에
그대를 띄웁니다

제4악장

일흔일곱이 어때서
진종일 천장에 도배도 하고
일용직 일꾼들 트럭 가득
양파밭 마늘밭에 실어 날랐는데

청바지 입고 베레모 쓰고 신입생 환영회 갔더니
인터뷰하자고 하데
시인에다 수필가에다 내가 입은 옷 소개했더니
동영상으로 홍보물 찍자고 하데.

못 간다고 일러라.

니가 유언장 쓰고 있을 때
나는 소설론 리포트 쓰고
니가 영정사진 찍을 때
나는 대학원 입학원서 사진 붙이고 있을 테니까

유리잔 부딪치며

청춘의 꿈을 위하여
희망이 거품처럼 부푸는
청정한 나무 앞에서

수목장은 무슨, 그런 이야기 말아라.

수목장 배웅

잘 가시게
손 흔들던 어제 그 소나무

잘 가셨는가
이른 아침 안개비로 문안하네

젖은 가슴마다
한 그루 소나무로 들어앉는 그대

꽃씨 사설

코로나 봄날,
팔공산 기슭에 둥지 튼 시인이
은밀히 전한 봉투 하나

할미꽃씨,
곁눈질로 탐냈던 그 댁 꽃식구가
보얗게 머리 센 채로
꽃을 버리고
몸마저 버리고
봉투 속에 가볍게 누웠다.

이분들을 어디로 모시나,
땅도 한 평 같이 주시지.
답답한 화분에 가둘 수 없는 분들
몇 날을 헤매다 볕 바른 언덕을 만났다.

따뜻한 뼛가루 바다에 뿌리듯,
안개비 무성한 날을 받아

고이 모셔다가 날려 드렸다.

산 전체가 봉안탑이 되던 날

고개 드시고
허리 펴시고
다리도 뻗으소서.

따뜻한 아랫목 차지하시고
기지개도 켜시고
하품도 마음대로 하소서.

호미도
걸레도
모두 놓으시고
중천에 해 뜰 때까지
늦잠도 주무시옵소서.

꽃이었던 어머니
별이었던 할머니

세세만년
봄마다 오시어
온 산에
당신의 꿈 수 놓으소서.

3부

시대의 얼굴

입석묘지

모가 다 닳은 돌멩이 하나
한 채의 비석인 양 서가 앞에 박혀 있다

타고 남은 재 기름 되듯
세상 소풍 끝내고 간 하늘에서도
청포를 입고 찾아올 손님을 기다릴*
시인, 시인, 시인들이
등을 보이며 가지런히 서 있는 무덤

곰보 자국 숭숭한 빗돌의 얼굴
접힌 주름마다
아픈 시대의 물결무늬
비문으로 새겨져 있다

손금처럼 새겨진 깨알 글씨들
한 시대의 아우성이
은하수 흐르는 강이 되어
서가 가득 출렁이고 있다

제 몸속 피를 찍어
시대를 증언한 그들 앞에
주워온 몽돌처럼 엎드려
손가락 몇 개로 자판 두드려

지금 네가 쓰고자 하는 게 무어냐

* 한용운, 천상병, 이육사의 시

‘위하여’의 행방

— 영화 <동주>를 보고

술잔이 부딪칠 때마다
반짝 빛나던 그것이
목을 타고 넘어가는 순간
회의의 강물 속으로 잠수하지

당신의 ‘위하여’는 어디 계신가
나의 그것은 지금 외출 중

눈을 비비며 신발 끈을 조이고
진종일 허리를 굽히다가
밤새워 머리를 뜯다가
타협의 보따리에 자존을 싸 들고
지금은 어느 겨울감옥에 들었는가

한때는 조국과 민족을 부르며
청춘을 혈맹으로 다지던 그것이
지금은 어느 꽃밭에서
한 송이의 꽃으로 떨고 섰는가

바위를 굴러서라도 올라가야 할 곳
'위하여', 자네 지금 어디 계신가

묵란도 아버지

일필휘지 내닫는 붓길은
목 놓아 부르던 당신의 노래인가요
묵향으로 피어나는 오늘은
포승에다 용수 쓰고 가시던 날
다녀오마 약속하신 그날인가요

세 살배기 옥비 손 흔들며 여기 섰어요
비둘기같이
앵무같이
딱따구리같이
속삭이고 종알대고 쪼아대고 싶어요**

난초향
청포 입고 오시는 아버지
육우당 대청마루로 모시고 싶어요

피투성이 수의
평생 마음 졸인

청상과수 어머니 함께 모셔와
은쟁반에 모시수건 겹겹이 쌓아놓고
청포도 방울방울 적시고 싶어요

난향 만 리
푸르게 푸르게 번져 오셔요

* 묵란도: 이육사 시인의 유작 수묵화 '의의가패依依可旆'
** 이육사의 시 「편복」에서 부분 인용

무게 중심 1

쓸개에 돌이 하나 박혔네요
걱정 마세요
쓸개 하나쯤은 없어도
사는 데 지장은 없으니까요

초음파로 내면을 진단하는 시대

누구는 쓸개 하나로
'파리의 택시 운전사'가 되어
일생을 살아 있는 게 부끄럽다 하고

누구는 쓸개 때문에
감옥에서 이십 년 이십 일을 면벽하고 나와
'더불어 숲'을 이루어 보려고
세계를 한 바퀴 돌고는 지구를 떠났는데

쓸개의 돌 하나가 어찌 대수가 아니랴
내 무게 중심이 될지도 모를
그 박힌 돌 하나

무게 중심 2

문제는 콩팥이네요
물혹 옆에 수상한 끈이 하나 보여요
삼 개월 뒤 다시 찍어 봅시다

초음파로 진단한 나의 내면

차라리 콩팥쯤이야 무슨 대수랴
콩과 팥은 원래 동종이 아니던가요

누가 알리
말랑한 물혹 쪽이 키워낸 따뜻한 끈 하나
평생 다툰 콩과 팥을 하나로 이어주는
실마리 될지

그러면 나의 무게 중심은
한반도의 그것처럼
어디쯤에서 수평을 이룰까요?

삐끗

— 2017년, 여름

쓰러진 꽃대에
눈길 잠깐 주는 사이
물 묻은 나무 계단이 나를 밀어 버렸다

나를 받치는 게
저 아래 보이지 않는 발목인 줄
처음 알았다

부은 발목을 높이 받치고 누워 있으란다

내가 여태 짓밟은 것을
들어 올려 섬기는 시간

입술로
눈빛으로
마음으로 짓밟은 것들 호명하며
한 줄로 높이 받들어 세운다

인연 삐끗하여
염천에 감옥을 사는 이가
유독 많은 시절

누워서라도
짓밟힌 영혼들을 쳐들어 경배케 하는
고마운 삐끗

바다의 입술

동동 입술이 뜬다
파도 속 거품만큼 많은 입술
입술마다 가득 말을 물고 있다

우르르 달려와서
자르르 쏟아 놓는 말
푸푸 거품을 물고 있다

현해탄에 쏟아버린 불타는 청춘
이루지 못한 사랑의 노랫말

마산 앞바다
최루탄이 박힌 청년의 눈
퉁퉁 불어 떠오른 그 부르짖음

그해 사월 남쪽 바다
차가운 해류에 떠내려간
피다 만 진달래들의 울부짖음

시대를 삼키고
역사를 삼킨 입술들

오늘도
와르르 파도로 일어섰다
스르르 거품으로 사라지고 있다

변신

깃발을 만들고
머리띠를 만들고
부르짖을 말을 만드는 사이

소음으로 잠을 못 자고
먼지로 숨을 못 쉬니
무엇으로 보상받을지 고민하는 사이

소나무 상수리 아카시아 다 잘려 나가고
산꿩 딱따구리 산비둘기 집을 잃고
엉겅퀴 쑥부쟁이 고들빼기
깡그리 뒤집혀 다져지는 것쯤이야
안중에도 없던 사이

삭막한 아파트촌
유일한 풍광인 뒷산 기슭이
하얀 선 또렷한 까만 세일러복 차림으로
가로등 휘황한 주차장이 되었다.

섬진강 꽃길

십 리 벚꽃 섬진강

앞서거니
뒤서거니

마흔하나 미혼 딸 분가시킨 어미도
팔순 노모 치매병원 입원시킨 따님도

꽃길은 꽃길
십 리나 꽃길

퇴직금 몽땅 아들 빚에 날려도
뇌졸중 남편 복지사에 맡겨도

바람 불어 난분분 꽃잎 다 질 때까진
꽃길은 꽃길 십 리나 꽃길

섬진강 강물이 눈물 없어 울지 않던?
십 리 벚꽃 꽃잎이 바람 없다고 지지 않던?

귀향

백토의 살결이 품은 검은 피 한잔
깊은 바위굴을 헤쳐 온 근육이 터져
방울방울 정갈하게 담겼다

소농사가 망해
공단을 떠돌다 내려앉은 등뼈가
칙칙한 칡즙 속에 진득하게 누워있다

만장 키 큰 나무에 희망을 감고 올라간
덩굴손
보랏빛 그리움을 꽃으로 피워 올리던
그 언덕에서

지층을 뚫고 들어간 뿌리 삽날에 끌려 나와
작두로 잘리고 고아지고 졸아진
저 캄캄한 한 잔의 어둠

산불 지킴이

겨울 한 철 품삯이 한 해 농사보다 낫다는
농자천하지대본農者天下之大本으로 돌아와
한 잔의 검은 피로 출렁이고 있다

하얀 찻잔에 담긴 한 시절의 검은 태풍

월급날

— 1989년 10월

교육 공무원
나의 급료, 칠십팔만 이천사백 원
체력단련비, 소급 인상되는 효도휴가비에
갑자기 생긴 직무수당 일만 원까지

웬 체력단련이며, 웬 소급인상인지
따져 볼 겨를도 없이
모두들 웃으며 가볍게 박수를 쳤다

참교육하느라
참혹하게 된 동료,
실직당한 남편을 둔 그녀가 보고 있는데
월급이 왜 올랐는지 따져 보지도 않고
우리는 웃으며 박수를 쳤다

그녀의 시 독법

가만히 있어도
심심찮게 찾아오는 시집
비스듬히 앉아
쉬엄쉬엄 뒤에서부터 차례로 만난다
민낯의 그가
맨발로 걸어 나온다
목소리가 말랑말랑하다
하품도 재채기도 더러는 방귀 소리까지 들린다
티도 때도 그대로 보인다
한참을 겁주지 않는 이 동네에서 놀다 보면
어깨 빳빳한 앞 동네
외투 깃 빳빳하게 세운 분들과도 악수가 된다
받치는 바닥을 먼저 보았으니
화장기 아래 숨은 얼굴이 짐작되는 터다
바닥의 힘으로
머리 꼭대기의 권력
화장기 위에 덧칠한 해설까지도
머리 끄덕여진다
벌써 행간의 복판에 서 있다

파킨슨 아저씨

비틀즈를 좋아하셨나 봐
손수레에 올라앉은
낡은 녹음기 한 대
70년대가 줄줄 따라 나온다
최루탄 연기 속에서도
애절했던 그 가락
렛잇비 렛잇비---
기타라도 메고 오시지
덜덜 떨리는 손으로 건네는
속살 보얀 참외 한 조각
맛이라도 보시지
얼굴에 칼자국도 없는데
손사래 치며 달아나는
2000년대 여인들
렛잇비 렛잇비---
가게 두어라 그냥 두어라
길바닥엔 널브러진 플라스틱 소쿠리
빨간 고구마 노란 참외

한나절이 지나도록
한 소쿠리도 못 팔고
렛잇비 렛잇비 비에 젖어요
데모하다 잘린 그 형인지도 몰라
어둠의 시간은 찾아오는데
아무리 불러도 오지 않는 어머니*
맹물이 포도주가 될 때까지
렛잇비 렛잇비---

* Let it be - 70년대 유행했던 비틀즈의 노래 When I find myself in times of trouble Mother Mary comes to me로 시작하는

사라진 제국

화장장으로 떠나는 영구차
배웅하고 오는 길
불가마에 채 들기도 전에
우편함에 한 소식 그의 시가 도착했다

'아즈텍 제국은
지상에서 영원히 사라졌던 것이다.'*
마지막 행으로 그의 행선지를 알려왔다

슬픔 너머
어둠 너머
불가마의 정화를 거쳐 그가 이른 곳이라면
지상에서 사라진 제국 하나 세울 법도 하다

작품 공양으로 산 사람을 섬겼듯
험한 세월 붓으로 살아온 그 공로로
마중 나온 글쟁이들 두루 모아
저승에 간판 하나 떡하니 걸어도 되겠다

슬픔의 이면 밤의 이면에
고료 걱정 출판비 걱정 없이
떡하니 버티고 서 있을
문사들의 공화국

* 『대구문학』 2022년 12월호에 발표된 고 박방희 시인의 마지막 발표작 「아즈텍 공화국」에서 인용.

공양

어느 시인이
제 돈 주고 자기 시집을 사와서
책 나누기 행사장 사람들에게 서명해 나눠주는데
줄 서서 기다리다 하나 둘 가버리는 바람에
쌓아 놓은 시집들, 누구든 몽땅 가져가
길 가는 사람들 아무에게나 나누어 주란다

4부

신앙의 얼굴

해탈의 순간

두 팔 뒤로 뻗은 채
미동도 없는 저분
노트북 자판 위에서 모니터를 정조준
참선 중이시다
초록 장삼 위로 소나기처럼 쏟아지는 전자파
오늘의 화두는 '빛'이다
텃밭 푸성귀 수행처 버리시고
높은 시멘트벽 타오르는 고행
스스로 택하시어 유리문 비집고 들어온
사바세계
사람 사는 일 다 읽으시고
때 묻은 속내 다 보시고
색色과 공空 하나임을 깨닫는 순간
붉은 띠 두 줄
가사로 받아 입으셨다
빛을 찾아와 빛 속으로 입적하신
비단벌레 선사님
마하반야 바라밀다
드디어 열반행 이루시다

구토

사십구 재 중
제 삼 재
슬픔도 비늘을 눕혀
사라졌던 허기가 살아났다

아구아구 넣었던 절밥을
손가락 쑤셔 끌어낸다

사람도 보내고
마음 비우러 간 절집에서
식욕의 맨얼굴 하나 다스리지 못하여
바가지 바가지 쏟아낸 탐욕을 만난다

존재의 참모습

사람이
정말
신의 손으로 빚어진 게 맞나?

흔적

'연꽃잎에 물방울 붙지 않듯이
해와 달 허공에 머물지 않듯이…'

선달그믐 해 질 녘
운문사 비구니 도량 불이문 앞에
화엄경 한 구절 눈을 맞고 있다

머물지 않는 일
흘려 보내는 일이 그리 쉽던가

돌담 가린 목련 가지 꽃잎 앉았던 자리마다
절 마당 은행나무 잎 진 자리마다
겨울눈 선명하다

봄이 떠난 자리 가을이 흘러간 자리
꽃눈으로 잎눈으로 해와 달 스며들어
화엄의 싹 하나씩 틔우고 있는 것을

한 해의 낭떠러지
내가 빚은 그늘은 어느 심장 파고들어
손톱달 하나로 떠돌고 있을까

무심차

말씀 없으시고
얼굴빛 없으시어
마음 또한 없는 줄 알았습니다

비우고 닦은 마음 조각조각 저며내어
바람 좋은 날
말리고 덖은 무 한 뿌리로

옥빛 찻잔 빚어
손수 지은 비단 주머니에
담아 보낸 차 한 봉지

달여도
달여도
끝없이 우러나는 그 마음

백 가지 말씀과
천 가지 낯빛이여

만 가지 마음을 다스려
한 가지 맛으로 담겼습니다

'無'

해탈의 문

— 싯다르타, 헤르만 헷세

사문이 되어
걸인이 되고

창부를 사랑하여
부자가 되고
집 나가는 아들을 본다

아트만
자아 속 깊은 샘물을 찾아 나선
바라문의 아름다운 아들
젊은 매 싯다르타

아래로 향하는 법
깊이를 추구하는 법
뱃사공이 되어서야 강에게서 듣는다

내면의 부처를 찾아 나선 긴 행로

짐승이 되고
썩은 고기가 되고
나무가 되고
물이 되어서야 비로소 만난 자신 안의 고타마

사순절

꽃이
저리 곱게 피어도 되나
새들이
저리 높이 날아도 되나

하늘이
저리 푸르고
얼음 풀린 강물이
저리 바삐 흘러도 되나

아직
발 씻길 그대
줄지어 서 있고
골고타 언덕으로 지고 갈
십자가 도착하기 전

철조망 사이로
꽃이 저리 붉고

새가 저리 지저귀어도 되나

모든 어미의 가슴에
불을 지르는 핏빛 상처

너, 봄아

공현公現

“어서 드시지요.
 여기 그분이 계십니다.”

팔 일간의 찬란한 만남
안으로만 지니고

정숙한 여인
동방의 외간 남자를 맞는 순간

너를 풀어
가슴에서 내려놓는다

십자가 그늘에 샘이 흐를지언정
아가야, 그곳에 너를 어찌 보내랴.

“이분이십니다.”
손등에 키스하고 팔아넘기는
이승의 담벼락에 너를 세운다.

원죄

너
돌팔매질 당하며 끌려가는 아들을 둔 적이 있더냐?

"목 마르다."
숨 거두는 아들의 시신을 가슴에 받아 본 적이 있느냐?

누가
나더러 원죄 없다 하더냐?

죄 많은 어미, 그 가슴에 매달려
지금 네가 빌고 있는 게 무어냐?

빛나는 약속

살아
네 곁에
빵으로 있지 못하여

최후의 만찬

죽어 빵이 되어
네게로 간다

나눌수록 많아지는 그날의 빵처럼
꼭꼭 씹혀 네 침에 섞일 때까지

너와 섞여지는
작은 몸이 되고 싶어

목마르고 허기진 날
한 덩이 빵이 되어
네게로 가마

고백

옥합을 깨뜨려
향유를 바른 그 발 맞나요?

삼단 머리채 풀어
눈물로 닦아드린 그 발 맞나요?

적막의 십자가
발등의 못구멍으로 솟는 선연한 핏줄기
일곱 마귀 거느린 내 죄 맞나요?

"나도 묻지 않으마."
돌팔매 돌려세운 그분

무덤 문 밀치고 나와 처음 부른 이름
"마리아야!"

라뽀니*! 나의 주님

* 라뽀니: 히브리 말로 '스승이시여'

그날 아침
— 요한 21. 1–14

‘그물을 오른쪽으로 쳐라’
아버지였다가

‘와서 아침을 먹어라’
어머니였다가

밤새 허탕치고
얼어붙은 마음이
갓 잡은 물고기 되어
이글이글 숯불 위에서 녹아 흐른다

물안개 자욱한
티베리아 호숫가

그대
사랑의 그물에 사로잡힌 아침

구름 프란치스코

어디를 다녀왔는지
뒤축이 다 닳았다

태풍 자국 선연한 들판을 찾아와
몸져누운 벼포기에 입을 맞춘다

그를 담은 의자
한쪽 다리가 기우뚱
광장에 모인 휠체어 바퀴들 일제히 기우뚱

먼 대기권 밖에서
햇빛 한 줄기 업고 온 그가
기우뚱기우뚱 지상의 구름들을 밀고 간다

동백꽃 대관식

누가 여기다
제 마음 얹어놓고 갔나

바닷가 십자 난간 위
가시관 썼던 자리
겨울 화관 핏빛 동백
방울방울 얹혔다

쳐다볼수록
아득한 안개 바다
보일 듯 말 듯
섬으로 떠 있는 하느님

열려다 열려다
종내에는 다문 입
누가 여기다 바람 부는
제 마음 봉헌하고 갔나

송이송이 주워서 받든 그 마음
방풍림 해송까지 경배하러 나섰다

부활절 아침

푸른 기와에 단청 곱게 입고
너는
누구를 품었었니

유약 곱게 입은 청자분들이
난을 비우고
아파트 담벼락에 맨몸으로 누웠다

마사토가 품었던
간지러운 뿌리의 기억 아득하고
향기로 휘감겼던 젊은 날의 그림자도 흔적이 없다

지나가던 수녀 발길 멈추고
넓은 치마로
빈 화분들 감싸들고 총총 사라진다

겨울 가고 봄이 오는 길목

성당 마당 양지쪽에 줄지어 선 그 분들
부엽토 가득 몸을 데워
민들레 할미꽃 제비꽃을 품었다

화분마다
다솜이, 한결이, 새봄이
올망졸망 주일학교 꼬맹이들 이름표도 달았다

그럴 수

까르르 딱따그르
이 빠진 오지그릇 가득 담긴
채송화 너들
그렇게 크게 웃으면 워쪄
신부님도 삐그덕
그럴 수 있지

히죽히죽 픽픽
웃으려면 제대로 웃어
너, 너, 너
찢어진 플라스틱 화분 속 다알리아
수녀님도 삐끗
그럴 수 있지

해바라기 너들
오늘은 왜
고개 숙여 아래만 보는겨?
코스모스처럼 바람 부는 대로

보고도 못 본 척
그럴 수는 없는겨?

■ 해설

미시微視로 껴안는 따뜻한 시적 탐색

— 손영숙 시인의 시세계

이 동 순[1]

1

손영숙孫英淑 시인의 실루엣은 내 기억 속에서 까마득한 옛날 속에서 어른거린다. 그것이 1970년 무렵이니 지금으로부터 53년 전의 일이다. 반세기도 훨씬 넘었다. 세월의 흐름이란 참으로 무섭고 무상한 것이다. 잠시 방심하는 틈에 우리의 모습과 양자樣子가 청소년에서 노년으로 바뀌고 말았으니 말이다. 인생의 구간에서 갓 스물을 넘길 무렵에 나는 경북대학교 문리대 국문학과 2학년이었다. 그때

1) 시인. 문학평론가. 동아일보신춘문예 시(1973), 동아일보신춘문예 문학평론(1989) 당선. 시집 『개밥풀』『고요의 이유』 등 21권 발간, 분단 이후 최초로 백석 시인의 시작품을 정리하여 『백석시전집』(창비, 1987)을 발간하고 백석을 문학사에 복원시킴. 평론집 『잃어버린 문학사의 복원과 현장』, 평전 『민족의 장군 홍범도』(한길사, 2023) 등 저서 82권 발간. 신동엽문학상, 김삿갓문학상, 시와시학상, 정지용문학상 등을 받음.

손 시인은 신입생으로 입학했다. 그러니까 우리는 동문 선후배이다. 신입생환영회란 것이 당시에도 있었던지 지금으로선 기억이 가물가물하거니와 학과의 어떤 행사 자리에서 나는 그녀를 처음 보았다. 하지만 학년이 하나 밑이어서 대개 동급생들끼리 학과행사에 참여하거나 어울렸고, 서로 다른 학년이면 특별한 관계가 아닌 경우 자주 얼굴을 대하기가 어려웠다. 손 시인의 경우도 대학 본관 주변에서 오명 가명 마주치면 그저 가벼운 목례 정도만 나눌 뿐이었고, 근황이나 심경을 서로 끌러놓거나 확인할 계제는 전혀 없었던 것이다.

1960년대 후반에서 70년대 초에 입학한 대학생들은, 어느 시대에도 그러했지만 불행한 세대였다. 늘 교문 앞에서 벌어지는 집단시위와 이를 막으려는 진압경찰의 최루탄이나 페퍼 포그 악취로 잠시도 편할 날이 없었기 때문이다. 걸핏하면 휴교였고, 내가 다니는 대학의 교문을 들어서기가 불가능해서 담장 옆 개구멍으로 들어가 텅 빈 캠퍼스를 허탈한 심정으로 내려다보던 눈물과 공허의 시간을 기억한다. 그런 상실과 방황, 혼돈과 미망의 시간 속에서 나는 시와 문학의 실마리를 잡아보려고 애를 썼다. 하지만 시의 실마리는 제대로 준비가 되지 않는 신출내기 학인에게 제대로 다가오지 아니하였다. 손 시인도 이 시기부터 문학으로 다가가려는 고뇌와 방황의 시기를 겪은 듯하다.

당시 경북대 국문학과 수업에서 현대문학 분야 강의는 김춘수金春洙(1922~2004) 시인이 모든 과목을 관장하고 있었다. 한국현대문학사, 현대시론 등의 필수과목은 김 교수의 소문난 강의를 흠씬 누리는 행복한 시간이었다. 김춘수 교수의 시론詩論 과목은 현대문학사 강좌보다도 더욱 수강생을 몰입하게 하는 효과가 짙었다. 일본의 시인 니시와키 준사부로西脇順三郎 이야기를 자주 거론했고, 특히 프랑스의 시인 보들레르Baudelaire(1821~1867)의 사례를 들어서 비유적 말씀을 수시로 들려주었다. 그 가운데서 기억에 아직도 남아있는 것은 코레스퐁당스correspondence에 관한 테마였는데, 말씀만 꺼내면 교감交感과 조응照應에 대한 이야기였다. 그래서 모든 시라는 것의 발생 원리가 교감과 조응의 과정에 생겨나는 것이로구나, 라는 깨달음을 갖게 된 것이다. 뭇 사물과의 활발한 교감을 통해서 시가 시인의 머리와 가슴에 생겨나고 조응의 과정을 통해서 시의 구체적 형태가 빚어진다는 이야기는, 평생 내 가슴 속에서 지워지지 않는 철학이 되었다. 어떤 사물을 대하더라도 나는 시인으로서 내 앞의 사물에 대한 시적 교감과 조응에 충실해야 한다는 스스로의 다짐을 하기도 했던 것이다.

2

손영숙 시인과는 대학 졸업 후로도 소식을 알지 못한 채, 다른 동문들과 마찬가지로 뿔뿔이 흩어졌다. 그렇게 오랜 시간이 흐른 뒤 손 시인이 뒤늦게 문예지 『문학청춘』으로 등단해서 시인이 되었다는 소식을 들었다. 그뿐만 아니라 첫 시집 『지붕 없는 아이들』까지 발간한 사실을 알았다. 놀라운 소식이었지만 나는 그것이 당연한 결과라고 생각했다. 왜냐하면 대학 국문과 재학시절부터 가슴 속에서 시인의 꿈을 꾸고 언어를 연마하는 연습을 꾸준히 해온 분이기 때문이다. 그러니까 창작의 내밀한 불씨를 꺼뜨리지 않고 오래도록 가슴 속에 지녀왔다는 말이다. 살아오면서 그 불씨를 꺼지게 하거나 중도 포기하는 경우가 대부분인데 손영숙 시인은 불씨를 소중히 갈무리해 자신의 기질과 여건, 환경에 맞도록 잘 가꾸고 다듬어서 어엿한 시인의 경지에 다다른 것이다.

첫 시집에서 손 시인은 삶의 모순이나 부조리를 발생시키는 여러 요소들에 대해 냉철한 분석과 비판적 성찰을 집요하게 이끌고 간다. 거기에 비해서 이번 두 번째 시집에서는 존재에 대한 탐구와 분석이 한층 예리하고 감각적 접근으로 다가간다. 우리가 살아가는 삶의 현실을 돌아다볼 것 같으면, 관점과 가치관의 차이, 소득과 분배의 차이, 신분과 계층의 갈등, 사상과 이념문제의 대립 따위로 말미암아 언제나 분쟁과 긴장, 다툼과 비판의식으로 가득하다. 하지만 우주천공에서 바라보는 지구의 모습은 어떠한가. 단지 하나의 푸른 공에 불과하다. 그것은 눈이 시릴 만큼 아름답고 처연하다. 저 자그마한 원형체 속에서 인간은 아웅다웅 온갖 욕망과 시비곡절에 휘말리며 애를 태우거나 바글바글 속을 끓이고 있는 것이다.

반드시 우주 밖으로 나가지 않더라도 비행기를 타고 공중에 높이 떠서 지상의 풍경을 내려다보면, 평소와 전혀 다른 모습이나 그 아름다움에 넋을 잃을 때가 많다. 유유히 허공에 자리를 잡고 흘러가는 구름, 대지를 구불구불 꿈틀거리며 누워있는 산형지세, 그 주름 틈바구니에 겨우 자리 잡고 집과 마을을 형성하고 살아가는 인간들을 바라보게 된다. 그것을 경험할 때마다 우리가 시달리는 현실의 여러 복잡한 문제들이 다 덧없는 것이라는 사실에 때로는 무력감을 가지게 된다. 그만큼 인간은 당장 눈앞의 사물이나 현상에 대해 너무 지나치게 집착하고 있는지도 모른다. 거기 구애받고 상처를 받으며 하루하루를 고통스럽게 살아가는 것이다. 이런 점에서 우리에게 필요한 것은 거시적巨視的 관점이다. 그것은 우주천공에서 바라보는 인간존재의 모습이기도 하다. 높은 산에 올라 내가 사는 도시와 마을을 바라다보는 일도 마찬가지의 경험이다. 살아가는 일이란 이처럼 거시적 관점과 미시적微視的 관점의 조화로운 응용이리라. 너무 미시적 관점에만 치우친다면 근시안적 사고가 되기 쉽고, 거시적 관점에만 머물게 된다면 삶의 정교한 부분들을 놓치거나 소홀하게 흘려버릴 위험도 있는 것이다. 이와 같은 상념을 가지면서 손영숙 시인의 이번 시집 작품들을 읽어 가노라면, 바로 우리가 강렬하게 바라는 중용적 가치관, 즉 미시적 관점과 거시적 관점의 조화로운 배합과 그 어울림을 엿보게 한다. 이러한 경험은 우리에게 자못 소중하다. 구체적 작품에서 이것을 확인해보기로 하자.

3

시 「두 얼굴」에서도 독자들은 현실의 양면성에 대한 인식의 차이를 납득하게 된다. 시 「봄 프리즘」을 읽다 보면 인간의 삶이 지닌 긴장의 건강성에 대해 즐거운 이해를 갖게 한다. 사실 우리는 얼마나 시시각각 긴장의 순간을 살아가고 있는가.

미동도 없는 대치 상태
얼음 풀린 새벽 강가에 엎드려
미세한 움직임 하나에
촉각을 곤두세우는 시간
초침 소리가 렌즈에 기록되는 찰나

—「봄 프리즘」 부분

시인은 이런 긴장의 순간을 포착해서 시작품으로 옮겨온다. 이런 포착은 쉽지 않다. 설사 포착한다고 하더라도 언어적 교직으로 이끌어내기가 순탄하지 않다. 그다음 대목을 읽고 보면 그 포착의 순간이 바로 물새들의 비상飛翔임을 알아채게 된다. 물 위를 박차고 날아오르는 그 한순간을 위해 모든 것을 집중하는 물새의 모습은 깊은 상징성으로 우리에게 다가온다.

한 줄기 빛
잡아라
숨을 멈추고 피사체에 초점을 맞추는 순간
펼쳐지는 저 날개
깃과 깃 사이 팽팽한 힘줄에 빛이 고일 때
고공비행의 첫발이 세차게 물살을 찬다

–「봄 프리즘」 부분

마치 느린 화면으로 보는 듯 물새의 비상 장면이 리얼한 그림으로 묘사되어 있다. 그야말로 숨 막히는 긴장의 순간이다. 그 긴장은 주변의 모든 사물로 하여금 총체적 긴장으로 빠져들도록 강박한다. 모든 사물들은 물새의 비상을 위해 준비된 도구이기도 하다.

수십 갈래 빛살로 출렁이는 강의 가슴을 딛고
긴 겨울 둥지를 떠나는
고니 떼의 비상
빛의 각도에 따라 무한 자유가 부챗살처럼 펼쳐진다

–「봄 프리즘」 부분

시인이 말하는 '수 갈래 빛살로 출렁이는 강의 가슴'은 햇살을 받은 물너울이 눈부시게 빛나는 윤슬의 광경을 묘사하고 있다. 윤슬은 참으로 사랑스러운 우리말이다. 고니 떼는 그 아름다운 윤슬에 휩싸여 하늘로 날아오른다. 손영숙 시인이 풀어가는 고니 떼의 비상 광경은 희망과 용기를 잃고 살아가는 우리 시대 소시민들에게 보내는 가슴 벅찬 메시지이다.

> 그래,
> 내 안의 렌즈를 닦자
> 우주의 빛이 내 몸에 들이치게
> 상한 다리에 힘을 모아 바닥을 차고 일어서자
> 햇살 스펙트럼
> 생애에 빛나는 일곱 빛깔의 무지개를 걸자
>
> –「봄 프리즘」 부분

정말 이렇게 살아가는 모습은 우리 주변에서 보기가 드물다. 한 해가 바뀔 때 우리는 다가오는 새해를 튼튼하게 살아야 한다고 속으로 다짐하지만, 곧 긴장이 풀어지고 해체되고 만다. 나약하고 위축된 일상의 리듬에 흡수되어 가련한 소시민으로 살아가는 경우가 일반이다. 손영숙 시인이 보내오는 희망과 용기의 메시지를 가슴에 되새기며, 우리가 나약해질 때마다 나직하게 암송해본다면 삶의 색다른 회복을 경험할 수 있으리라.

손영숙의 시세계에서는 나무도 봄이 되어 물이 오르고 새잎이 돋으며 화사한 꽃을 피워내는데 이것을 시인은 「입덧 중」이라고 표현한다. 나무의 입덧, 참 흥미로운 말이다. 같은 말이라도 이렇게 쓰니 얼마나 생기롭고 신선한가. 사실 삼라만상의 모든 사물들이 우리에게 항상 메시지를 보내오지만, 우리는 일상적 삶에 시달리느라 그 메시지를 제대로 인식하지 못한다. 다만 시인만이 이를 제대로 알아채고 손영숙처럼 시작품으로 그 메시지를 정리해내는 것이다. 시 「뒷모습」은 떠나가는 계절에 대한 아쉬움을 재치 있게 그린 작품이다. 인간관계도 이렇게만 될 수 있다면 얼마나 좋을까. 함께 머물다가도 마음속으로 어서 떠나가기를 바라는 경우가 있는가 하면, 서로 멀리 떨어져 있어도 언제나 만나기를 갈망하는 그런 경우가 있는 것이다. 시 「그 자리」는 3월에서 4월로 옮겨가는 광경을 유심히 관찰하는 시인의 시각이 나타나 있다. 계절과의 성실한 교감과 조응이다. 올해 여름은 지독히도 더웠는데 그 폭염의 중심에서 우리는 어서 이 여름이 떠나가기를 마음속으로 갈망했다. 시인은 어느 날 마당귀에서 귀뚜라미 소리를 들으며 계절의 변화를

직감하고 있다. 얼마나 많은 시인묵객들이 실솔蟋蟀, 즉 귀뚜라미를 시작품으로 담아서 그려내었던가. 손영숙도 이처럼 귀뚜라미 시를 썼다. 손영숙은 주로 사계절의 변화를 깊이 있게 응시하며 관조한다. 시 「얼음폭포」도 그러한 과정의 산물로 여겨진다.

너도 한때 말이었더냐
새순같이
나긋나긋한 말이었더냐
쏟아내던 달변이 굳어진 채
서슬 푸른 독을 품고
첫새벽 누구를 향하여 섰느냐
쏟다 만 분노로 창을 갈 듯
무엇을 벼리고 섰느냐
동안거 대침묵
날던 새도 흐르던 물도 멈춰 선다
산도 구름도 입을 다문다
벼리고 벼린 마음의 벼랑에
세상의 모든 말이
소리를 거둔다

–「얼음폭포」 전문

이 작품에서는 놀랍게 성숙된 존재론적 인식을 보여준다. 폭포의 흐름을 '쏟아내던 달변'으로 표현

했고, 그 물줄기가 얼어붙은 광경을 '굳어진 달변'으로 정리해내는 것이다. 온통 얼어붙은 폭포의 광경을 '서슬 푸른 독을 품었다'고 표현하는 대목도 놀랍다. 날카로운 얼음막대기도 '분노의 창'으로 이끌어간다. 흐름이 정지된 모습을 일컬어 '동안거冬安居'에 비유하는 것도 흥미롭다. 그것은 승려들이 더욱 진전된 수행을 위해 심신을 휴식하는 기간을 뜻하는데 폭포의 동결을 이렇게 비유하는 솜씨가 비범하다.

눈 덮인 오대산 설경을 바라보면서 국토에 대한 벅찬 기대를 품는 시인의 마음은 살뜰하다. 시 「오대산 설경」은 일견 평범한 듯 전개가 되지만 후반부의 감격이 독자들을 심리적 흥분으로 접어들게 한다. 우리가 살아가는 이 세속의 삶에는 참으로 불가해한 풍경들이 많을 것이다. 시 「숨」이 담아내고 있는 풍경에도 기적의 숨결이 요소요소에서 살아 숨 쉰다. 그러한 숨결이 약동하고 있는 한 세상은 아직도 살만한 공간인지도 모른다. 시 「그대의 마지막 춤」을 애달프고도 흥미롭게 읽었다. 작품 속에서 주홍부전나비는 왜 하필 호스피스 병동 앞에서 춤추었을까. 그리고 그 주홍부전나비는 어찌하여 물속의 제 그림자와 손잡고 춤을 추었을까. 슬프고 애잔한 여운이 오래 오래 가슴 속에서 감돌아 콧날이 찡해지기도 했다. 어쩌면 우리는 이처럼 애잔한 시간을 일상 속에서 늘 연출하며 살아가는지도 모른다. 시인의 순간 포착이 지니는 의미와 의도를 우리는 짐작하며 슬픔에 젖어 든다.

그것은 시 「몸탑」을 읽으면서 함께 느끼게 되는 감정이기도 하다. 이 시작품에 담긴 풍경은 한 인간의 종생과 장례의 과정을 압축한 그림이다. 우리도 언젠가는 그렇게 유언을 남기고 영안실 침대에 누운 채 염습의 과정을 거치게 되고, 여러 장례방식의 절차에 따라 영겁의 세계로 떠나가게 될 것이다. 그러한 과정이 주는 극대화된 슬픔을 억제하면서 시인은 냉철하게 시작품으로 정리해내고 있다. 이를 보면 시인이란 가슴이 뜨거운 사람이기도 하지만 매섭고 서슬 푸른 기질이기도 하다.

마늘 심었느냐
송아지 팔았느냐

카랑카랑한 목소리 그대로
꽃향기 채운 목선에
반듯하게 눕힙니다

마지막까지 지켰던 한 가닥 숨결
가장 나중까지 뜨겁던 가슴
이승의 모든 인연을 거두어 담았던
눈과 귀와 입
삶의 터전을 버텨낸 팔과 다리
굳은살 박히도록 달려온 발바닥

일생의 노고를 닦아
면포로 가리고 싸서
옥색 도포에 꽃버선을 신겼습니다
매듭매듭 옥개석 올리듯
층층이 연꽃 채색무늬 입혀

일생의 탑 한 채

돌아올 수 없는 긴 강에
그대를 띄웁니다

–「몸탑」 전문

거대한 슬픔을 머금고 있는 시 「수목장 배웅」도 동일한 작품 정서와 여운을 함유한 작품이라 하겠다. 「꽃씨 사설」도 같은 계열의 작품이다. 할미꽃을 작품 소재로 선정하고 있는데, 전반적으로 작품의 배면에 깔린 눅진한 슬픔이 독자의 심정을 애잔하게 이끈다. 시 「변신」은 시시각각 도시개발 명분으로 난립하고 있는 아파트 신축풍경을 풍자한 작품이다. 그것은 스카이 뷰를 완전히 차단하고 시멘트 병풍 속에 인간을 가둔다. 거기에 갇혀 생로병사를 겪으며 살아간다. 거기서 살아가는 주민들의 감성도 차디차고 비정하다. 오로지 자아만 남아있고 타자는 처음부터 내 마음속에 들이지 않는다. 그들이 살아가는 아파트는 거대한 시멘트 구조물인데 일정한 세월이 지나면, 거대한 쓰레기 폐기물이 되어 언젠가는 부서지고 무너뜨려 땅속에 매립하게 된다.

그만큼 지구는 점점 더 병들고 황폐한 환경으로 바뀌어간다. 이러한 악순환의 고리를 생각하면 가슴이 답답하다. 일본에 의한 핵 오염수 불법폐기 문제도 이와 같은 차원이 아니던가. 세계의 바다를 오염시키고 있는 일본의 뻔뻔한 행태를 우리는 도리어 감싸며 옹호하고 있으니 어처구니없는 난센스가 아니고 무엇인가. 어쩌면 우리가 영원히 돌이킬 수 없는 비극과 파멸을 향해 조금씩 나아가고 있는지도 모른다. 워낙 이런 일에 익숙한 나머지 이 비극성을 제대로 감지해내지 못하고 마비된 인식으로 살아가리라.

깃발을 만들고
머리띠를 만들고
부르짖을 말을 만드는 사이

소음으로 잠을 못 자고
먼지로 숨을 못 쉬니
무엇으로 보상받을지 고민하는 사이

소나무 상수리 아카시아 다 잘려 나가고
산꿩 딱따구리 산비둘기 집을 잃고
엉겅퀴 쑥부쟁이 고들빼기
깡그리 뒤집혀 다져지는 것쯤이야
안중에도 없던 사이

삭막한 아파트촌
유일한 풍광인 뒷산 기슭이
하얀 선 또렷한 까만 세일러복 차림으로
가로등 휘황한 주차장이 되었다.

–「변신」 전문

이번 시집의 표제가 된 시작품 「바다의 입술」은 우선 특이한 바다 이미지로부터 출발한다. 한국현대시사에서 가장 신선하고 생동감이 느껴지는 바다 이미지는 정지용鄭芝溶(1902~1950) 시인의 바다가 으뜸이 아닌가 한다. 지용은 바다의 파도를 '푸른 도마뱀'에 비유했다. 기상천외하고도 그 생기로움이 끓어 넘치는 그야말로 절창이다. 어느 누구도 추종을 불허한다. 과연 어느 시인이 지용의 파도 표현을 능가할 수가 있는가. 그만큼 지용의 시적 문맥에서는 고유의 완강한 성채城砦를 쌓았다. 이런 표현수준에 대해 친구였던 이상李箱(1910~1937) 시인이 탄복했었다. 지용은 '달아나려고'의 문맥도 '달아날랴고'로 짐짓 의고체擬古體 형태를 쓰고 있다. '흰 발톱에 찢긴/ 산호보다 붉고 슬픈 생채기'는 또 어떠한가. 시인은 무심한 파도에 유정한 기운을 불어넣어 놀랍고도 처연한 인간의 효과로 되살아나게 한다. 이런 능력은 언어의 연금술사만이 쓸 수 있는 방식이다.

바다는 뿔뿔이 달아날랴고 했다

푸른 도마뱀 떼같이 재재발랐다

꼬리가 이루 잡히지 않았다

흰 발톱에 찢긴
산호珊瑚보다 붉고 슬픈 생채기!

그런데 손영숙 시인의 파도 시를 읽으며 나는 놀란 가슴을 진정하지 못한다. 파도의 거품 하나하나를 하고 싶은 말이 제각기 담긴 갈망의 입술로 읽어내고 있는 것이다. 그 수를 헤아릴 수 없는 엄청난 입술들이 지금도 바닷가에서는 어떤 절규를 줄곧 허공에 날리고 있는 것이다. 하지만 그 말뜻을 제대로 알아듣는 이는 없다. 그저 바닷가에 가서 대책 없이 파도 소리만 멍하게 듣고 돌아올 뿐이다. 하지만 청력과 감각이 특별히 뛰어난 시인이 하나 있어 파도가 형성해내는 거품을 입술에 비유하고, 그 입술에서 어마어마한 말을 쏟아내고 있는 광경을 보고 듣는다. 고향이 마산인 손영숙 시인이니 마산과 관련된 지난시기 민주화운동의 슬픈 경과를 비롯해서 여러 젊은이의 죽음까지도 호출해내고 있는 것이다. 그런 점에서 이 시작품의 파도 이미지는 지용의 경지에 상당히 근접해간 수준으로 놀라운 시적 깨달음을 경험했다고 평가할 수 있겠다.

동동 입술이 뜬다
파도 속 거품만큼 많은 입술
입술마다 가득 말을 물고 있다

우르르 달려와서
자르르 쏟아 놓는 말
푸푸 거품을 물고 있다

—「바다의 입술」 부분

4

손영숙 시집의 후반부는 종교적 인식과 성찰로 다양한 변용을 보여준다. 시인의 종교는 가톨릭이다. 카톨리시즘이 지니는 영적인 경건성과 박애, 포용의 건강성과 큰마음이 도처에서 넘실거린다. 나는 이 계열의 여러 시작품에서 시 「부활절 아침」이 주는 화사한 풍경을 가장 즐겁고 기쁘게 읽었다. 아침 햇살 속에 빛나는 천주교회당 풍경과 그 주변을 걸어가는 수녀님, 유치부 어린이의 천진한 행렬이 눈에 선연히 스크린처럼 보이는 듯하다. 성서적 세계가 내뿜는 진정한 가치의 터전은 순결과 사랑이 아닐까 한다. 시인의 감성적 시각에 포착되는 모든 사물들은 그리하여 아름답고 고결한 사랑과 자비심으로 충만 되어 있다.

푸른 기와에 단청 곱게 입고
너는

누구를 품었었니

유약 곱게 입은 청자분들이
난을 비우고
아파트 담벼락에 맨몸으로 누웠다

마사토가 품었던
간지러운 뿌리의 기억 아득하고
향기로 휘감겼던 젊은 날의 그림자도 흔적이 없다

지나가던 수녀 발길 멈추고
넓은 치마로
빈 화분들 감싸들고 총총 사라진다

겨울 가고 봄이 오는 길목

성당 마당 양지쪽에 줄지어선 그 분들
부엽토 가득 몸을 데워
민들레 할미꽃 제비꽃을 품었다

화분마다
다솜이, 한결이, 새봄이
올망졸망 주일학교 꼬맹이들 이름표도 달았다

–「부활절 아침」 전문

사실 우리 인간은 늘 세속적 삶에 시달리고 지친

나머지 언제나 무딘 감성으로 관습적 삶에 길들여져 있다. 포용력이라곤 없으며 분단이나 우리 사회의 모순, 부조리에 대해서도 별반 관심이 없다. 변화나 혁신이란 마치 남의 나라 이야기와 같다. 무엇이 우리에게 중요하며 무엇이 급선무인지 분간조차 맹목적이다. 인공지능이란 것이 우리 삶에 등장하고부터 인간의 모습은 더욱 냉혹하고 비정하며 무표정한 얼굴로 바뀌어버렸다. 이러한 현대인들에게 이 시가 주는 울림은 깊고 크다. 밝고 맑은 가치관, 고결하고 건강한 세계관을 회복해야 한다는 강렬한 메시지를 이 시에서 읽어낼 수 있다. 그만큼 우리의 삶과 정신세계는 오염상태에 방치되어 있는 것이다. 이런 시를 써서 우리에게 선물로 보내준 손영숙 시인께 감사한다.

겉으로는 쉬운 듯 여겨지는 작품이지만 사실 이 시가 지닌 존재론적 위세는 강렬하다. 이 시가 주는 깊고 큰 울림이 우리의 정신세계 속으로 맑은 샘물처럼 흘러 들어와서 차고 굳은 상태, 폐쇄적 공간에 방치된 우리의 감성이 부드러워질 수만 있다면 얼마나 좋을까. 지금까지 우리가 읽으며 경험했던 손영숙 시인의 시세계는, 거시巨視의 세계에서 출발한 앵글이 미시微視의 정교한 세계로 이동해 오면서, 그 틈틈이 마디마디 행간에 서려 있는 생명과 사랑의 변증법을 자세하게 그려내어 보여준다. 이런 점에서 손영숙은 우리 시대가 품고 있는 매우 소중한 시인의 한 사람임이 분명하다.

황금알 시인선

01 정완영 시집 | 구름 山房산방
02 오탁번 시집 | 손님
03 허형만 시집 | 첫차
04 오태환 시집 | 별빛들을 쓰다
05 홍은택 시집 | 통점痛點에서 꽃이 핀다
06 정이랑 시집 | 떡갈나무 잎들이 길을 흔들고
07 송기흥 시집 | 흰뺨검둥오리
08 윤지영 시집 | 물고기의 방
09 정영숙 시집 | 하늘새
10 이유경 시집 | 자갈치통신
11 서춘기 시집 | 새들의 밥상
12 김영탁 시집 |새소리에 몸이 절로 먼 산 보고 인사하네
13 임강빈 시집 | 집 한 채
14 이동재 시집 | 포르노 배우 문상기
15 서　량 시집 | 푸른 절벽
16 김영찬 시집 | 불멸을 힐끗 쳐다보다
17 김효선 시집 | 서른다섯 개의 삐걱거림
18 송준영 시집 | 습득
19 윤관영 시집 | 어쩌다, 내가 예쁜
20 허　림 시집 | 노을강에서 재즈를 듣다
21 박수현 시집 | 운문호 붕어찜
22 이승욱 시집 | 한숨짓는 버릇
23 이자규 시집 | 우물치는 여자
24 오창렬 시집 | 서로 따뜻하다
25 尹錫山 시집 | 밥 나이, 잠 나이
26 이정주 시집 | 홍등
27 윤종영 시집 | 구두
28 조성자 시집 | 새우깡
29 강세환 시집 | 벚꽃의 침묵
30 장인수 시집 | 온순한 뿔
31 전기철 시집 | 로깡땡의 일기
32 최을원 시집 | 계단은 잠들지 않는다
33 김영박 시집 | 환한 물방울
34 전용직 시집 | 붓으로 마음을 세우다
35 유정이 시집 | 선인장 꽃기린
36 박종빈 시집 | 모차르트의 변명
37 최춘희 시집 | 시간 여행자
38 임연태 시집 | 청동물고기
39 하정열 시집 | 삶의 흔적 돌
40 김영석 시집 | 거울 속 모래나라
41 정완영 시집 | 詩菴시암의 봄
42 이수영 시집 | 어머니께 말씀드리죠
43 이원식 시집 | 친절한 피카소
44 이미란 시집 | 내 남자의 사랑법法
45 송명진 시집 | 착한 미소
46 김세형 시집 | 찬란을 위하여
47 정완영 시집 | 세월이 무엇입니까
48 임정옥 시집 | 어머니의 완장
49 김영석 시선집 | 모든 구멍은 따뜻하다
50 김은령 시집 | 차경借憬
51 이희섭 시집 | 스타카토
52 김성부 시집 | 달항아리
53 유봉희 시집 | 잠깐 시간의 발을 보았다
54 이상인 시집 | UFO 소나무
55 오시영 시집 | 여수麗水
56 이무권 시집 | 별도 많고
57 김정원 시집 | 환대
58 김명린 시집 | 달의 씨앗
59 최석균 시집 | 수담手談
60 김요아킴 야구시집 | 왼손잡이 투수
61 이경순 시집 | 붉은 나무를 찾아서
62 서동안 시집 | 꽃의 인사법
63 이여명 시집 | 말뚝
64 정인목 시집 | 짜구질 소리
65 배재열 시집 | 타전
66 이성렬 시집 | 밀회
67 최명란 시집 | 자명한 연애론
68 최명란 시집 | 명랑생각
69 한국의사시인회 시집 | 닥터 K
70 박장재 시집 | 그 남자의 다락방
71 채재순 시집 | 바람의 독서
72 이상훈 시집 | 나비야 나비야
73 구순희 시집 | 군사 우편
74 이원식 시집 | 비둘기 모네
75 김생수 시집 | 지나가다
76 김성도 시집 | 벌락마을
77 권영해 시집 | 봄은 경력 사원
78 박철영 시집 | 낙타는 비를 기다리지 않는다
79 박윤규 시집 | 꽃은 피다
80 김시탁 시집 | 술 취한 바람을 보았다
81 임형신 시집 | 서강에 다녀오다
82 이경아 시집 | 겨울 숲에 들다
83 조승래 시집 | 하오의 숲
84 박상돈 시집 | 와! 그때처럼
85 한국의사시인회 시집 | 환자가 경전이다
86 윤유점 시집 | 내 인생의 바이블 코드
87 강석화 시집 | 호리천리
88 유　담 시집 | 두근거리는 지금
89 엄태경 시집 | 호랑이를 탔다
90 민창홍 시집 | 닭과 코스모스
91 김길나 시집 | 일탈의 순간
92 최명길 시집 | 산시 백두대간
93 방순미 시집 | 매화꽃 펴야 오것다
94 강상기 시집 | 콩의 변증법
95 류인채 시집 | 소리의 거처
96 양아정 시집 | 푸줏간집 여자
97 김명희 시집 | 꽃의 타지마할
98 한소운 시집 | 꿈꾸는 비단길

99 김윤희 시집 | 오아시스의 거간꾼
100 니시 가즈토모(西一知) 시집 | 우리 등 뒤의 천사
101 오쓰보 레미코(大坪れみ子) 시집 | 달의 얼굴
102 김　영 시집 | 나비 편지
103 김원옥 시집 | 바다의 비망록
104 박　산 시집 | 무야의 푸른 샛별
105 하정열 시집 | 삶의 순례길
106 한선자 시집 | 울어라 실컷, 울어라
107 김영철 어린이시조집 | 마음 한 장, 생각 한 겹
108 정영운 시집 | 딴청 피우는 여자
109 김환식 시집 | 버팀목
110 변승기 시집 | 그대 이름을 다시 불러본다
111 서상만 시집 | 분월포芬月浦
112 잇시키 마코토(一色真理) 시집 | 암호해독사
113 홍지헌 시집 | 나는 없네
114 우미자 시집 | 첫 마을에 닿는 길
115 김은숙 시집 | 귀띔
116 최연홍 시집 | 하얀 목화꼬리사슴
117 정경해 시집 | 술항아리
118 이월춘 시집 | 감나무 맹자
119 이성률 시집 | 둘레길
120 윤범모 장편시집 | 토함산 석굴암
121 오세경 시집 | 발톱 다듬는 여자
122 김기화 시집 | 고맙다
123 광복70주년,한일수교 50주년 기념 한일 70인 시선집 | 생의 인사말
124 양민주 시집 | 아버지의 늪
125 서정춘 복간 시집 | 죽편竹篇
126 신승철 시집 | 기적 수업
127 이수익 시집 | 침묵의 여울
128 김정윤 시집 | 바람의 집
129 양　숙 시집 | 염천 동사炎天 凍死
130 시문학연구회 하로동선夏爐冬扇 시집 | 안개가 자욱한 숲이다
131 백선오 시집 | 월요일 오전
132 유정자 시집 | 무늬
133 허윤정 시집 | 꽃의 어록語錄
134 성선경 시집 | 서른 살의 박봉 씨
135 이종만 시집 | 찰나의 꽃
136 박중식 시집 | 산곡山曲
137 최일화 시집 | 그의 노래
138 강지연 시집 | 소소
139 이종문 시집 | 아버지가 서 계시네
140 류인채 시집 | 거북이의 처세술
141 정영선 시집 | 만월滿月의 여자
142 강흥수 시집 | 아비
143 김영탁 시집 | 냉장고 여자
144 김요아킴 시집 | 그녀의 시모노세끼항
145 이원명 시집 | 즈믄 날의 소묘
146 최명길 시집 | 히말라야 뿔무소
147 시문학연구회 하로동선夏爐冬扇 시집 2 | 출렁, 그대가 온다
148 손영숙 시집 | 지붕 없는 아이들
149 박　잠 시집 | 나무가 하늘뼈로 남았을 때
150 김원욱 시집 | 누군가의 누군가는
151 유자효 시집 | 꼭
152 김승강 시집 | 봄날의 라디오
153 이민화 시집 | 오래된 잠
154 이상원李相源 시집 | 내 그림자 밟지 마라
155 공영해 시조집 | 아카시아 꽃숲에서
156 미즈타 노리코(水田宗子) 시집 | 귀로
157 김인애 시집 | 흔들리는 것들의 무게
158 이은심 시집 | 바닥의 권력
159 김선아 시집 | 얼룩이라는 무늬
160 안평옥 시집 | 불벼락 치다
161 김상현 시집 | 김상현의 밥詩
162 이종성 시집 | 산의 마음
163 정경해 시집 | 가난한 아침
164 허영자 시집 | 투명에 대하여 외
165 신병은 시집 | 곁
166 임채성 시집 | 왼바라기
167 고인숙 시집 | 시련은 깜찍하다
168 장하지 시집 | 나뭇잎 우산
169 김미옥 시집 | 어느 슈퍼우먼의 즐거운 감옥
170 전재욱 시집 | 가시나무새
171 서범석 시집 | 짐작되는 평촌역
172 이경아 시집 | 지우개가 없는 나는
173 제주해녀 시조집 | 해양문화의 꽃, 해녀
174 강영은 시집 | 상냥한 시론詩論
175 윤인미 시집 | 물의 가면
176 시문학연구회 하로동선夏爐冬扇 시집 3 | 사랑은 종종 뒤에 있다
177 신태희 시집 | 나무에게 빚지다
178 구재기 시집 | 휘어진 가지
179 조선희 시집 | 애월에 서다
180 민창홍 시집 | 캥거루 백bag을 멘 남자
181 이미화 시집 | 치통의 아침
182 이나혜 시집 | 눈물은 다리가 백 개
183 김일연 시집 | 너와 보낸 봄날
184 장영춘 시집 | 단애에 걸다
185 한성례 시집 | 웃는 꽃
186 박대성 시집 | 아버지, 액자는 따스한가요
187 전용직 시집 | 산수화
188 이효범 시집 | 오래된 오늘
189 이규석 시집 | 갑과 을
190 박상옥 시집 | 끈
191 김상용 시집 | 행복한 나무
192 최명길 시집 | 아내

193 배순금 시집 | 보리수 잎 반지
194 오승철 시집 | 오키나와의 화살표
195 김순이 시선집 | 제주야행濟州夜行
196 오태환 시집 | 바다, 내 언어들의 희망 또는 그 고통스러운 조건
197 김복근 시조집 | 비포리 매화
198 시문학연구회 하로동선夏爐冬扇 시집 4 | 너에게 닿고자 불을 밝힌다
199 이정미 시집 | 열려라 참깨
200 박기섭 시집 | 키 작은 나귀 타고
201 천리(陳黎) 시집 | 섬나라 대만島/國
202 강태구 시집 | 마음의 꼬리
203 구명숙 시집 | 뭉클
204 옌즈(阎志) 시집 | 소년의 시少年辞
205 문학청춘작가회 동인지 2 | 그날의 그림자는 소용돌이치네
206 함국환 시집 | 질주
207 김석인 시조집 | 범종처럼
208 한기팔 시집 | 섬, 우화寓話
209 문순자 시집 | 어쩌다 맑음
210 이우디 시집 | 수식은 잊어요
211 이수익 시집 | 조용한 폭발
212 박 산 시집 | 인공지능이 지은 시
213 박현자 시집 | 아날로그를 듣다
214 시문학연구회 하로동선夏爐冬扇 시집 5 | 너를 버리자 내가 돌아왔다
215 박기섭 시집 | 오동꽃을 보며
216 박분필 시집 | 바다의 골목
217 강홍수 시집 | 새벽길
218 정병숙 시집 | 저녁으로의 산책
219 김종호 시선집
220 이창하 시집 | 감사하고 싶은 날
221 박우담 시집 | 계절의 문양
222 제민숙 시조집 | 아직 괜찮다
223 문학청춘작가회 동인지 3 | 고양이가 앉아 있는 자세
224 신승준 시집 | 이연당집怡然堂集 · 下
225 최 준 시집 | 칸트의 산책로
226 이상원 시집 | 변두리
227 이일우 시집 | 여름밤의 눈사람
228 김종규 시집 | 액정사회
229 이동재 시집 | 이런 젠장 이런 것도 시가 되네
230 전병석 시집 | 천변 왕버들
231 양아정 시집 | 하이힐을 믿는 순간
232 김승필 시집 | 옆구리를 수거하다
233 강성희 시집 | 소리, 그 정겨운 울림
234 김승강 시집 | 회를 먹던 가족
235 김순자 시집 | 서리꽃 진자리에
236 신영옥 시집 | 그만해라 가을산 무너지겠다
237 이금미 시집 | 바람의 연인
238 양문정 시집 | 불안 주택에 거居하다
239 오하룡 시집 | 그 너머의 시
240 문학청춘작가회 동인지 4 | 참꽃
241 민창홍 시집 | 고르디우스의 매듭
242 김민성 시조집 | 간이 맞다
243 김환식 시집 | 생각이 어둑어둑해질 때까지
244 강덕심 시집 | 목련, 그 여자
245 김유 시집 | 떨켜 있는 삶은
246 정드리문학 제10집 | 바람의 씨앗
247 오승철 시조집 | 사람보다 서귀포가 그리울 때가 있다
248 고성진 시집 | 솔동산에 가 봤습니까
249 유자효 시집 | 포옹
250 곽병희 시집 | 도깨비바늘의 짝사랑
251 한국 · 베트남 공동시집 | 기억의 꽃다발, 짙고 푸른 동경
252 김석렬 시집 | 여백이 있는 오후
253 김석 시집 | 괜찮다는 말 참, 슬프다
254 박언휘 시집 | 울릉도
255 임희숙 시집 | 수박씨의 시간
256 허형만 시집 | 만났다
257 최순섭 시집 | 플라스틱 인간
258 김미옥 시집 | 목련을 빚는 저녁
259 전병석 시집 | 화본역
260 엄영란 시집 | 장미와 고양이
261 한기팔 시집 | 겨울 삽화
262 문학청춘작가회 동인지 5 | 파킨슨 아저씨
263 강홍수 시집 | 비밀번호 관리자
264 오승철 시조집 | 다 떠난 바다에 경례
265 김원옥 시집 | 울다 남은 웃음
266 서정춘 복간 시집 | 죽편竹篇
267 (사)한국시인협회 | 경계境界
268 이돈희 시선집
269 한국의사시인회 시집 | 바람의 이름으로
270 김병택 시집 | 서투른 곡예사
271 강희근 시집 | 파주기행
272 신남영 시집 | 명왕성 소녀
273 염화출 시집 | 제주 가시리
274 오창래 시조집 | 다랑쉬오름
275 오세영 선시집 | 77편, 그 사랑의 시
276 곽애리 시집 | 주머니 속에 당신
277 이철수 시집 | 넘어지다
278 김소해 시조집 | 서너 백년 기다릴게
279 손영숙 시집 | 바다의 입술